D1440031

Terre et cendres

Atiq Rahimi

Terre et cendres

roman traduit du persan (Afghanistan)
par Sabrina Nouri

P.O.L
33, rue Saint-André-des-Arts, Paris 6e

Titre original : *Khâkestar-o-khâk*

Éditions Khavaran, Vincennes, 1999

© P.O.L éditeur, 2000

ISBN : 2-86744-761-5

Sous la plume d'Atiq Rahimi, jeune écrivain-cinéaste exilé en France depuis 1985, renaissent une écriture et une pensée afghanes, nouvelles et indépendantes. Elles affirment l'originalité et les subtilités de cette langue persane, communément appelée le dari, *pratiquée depuis les temps anciens en Afghanistan.*

Terre et cendres *conquiert un champ de liberté inexpugnable où l'Afghanistan peut exister avec ses traditions, ses émotions, son histoire violente et ses drames personnels.*

En ce sens, Terre et cendres *est un roman cathartique, comme il en faudrait bien d'autres* pour que les Afghans survivent à leur histoire, mais c'est aussi un roman humain et universel.

J'ai voulu que le texte français soit aussi fidèle que possible à l'esprit de l'auteur, à ses phrases brèves et haletantes, à son esthétique du dépouillement, à cette volonté des répétitions où la conscience s'enferre. J'ai voulu que mon âme afghane guide ma main française pour que d'autres me suivent dans ce voyage au cœur de la douleur discrète d'un vieil homme et d'un enfant, la douleur d'un peuple.

Je tiens à remercier tous ceux qui m'ont accompagnée, Atiq Rahimi, ami confiant et enthousiaste, mais aussi Christiane Thiollier et Pierre Bonnafous, tous deux lecteurs attentifs et précieux, et bien d'autres grâce auxquels ce livre existe aujourd'hui.

Sabrina Nouri

A mon père,
Aux autres pères,
la guerre a volé leurs larmes.

Il a un très grand cœur,
grand comme sa tristesse.

Rafaat Hossaïni

– J'ai faim.

Tu sors une pomme du baluchon rouge *gol-e-seb*[1], et tu la frottes contre ton vêtement poussiéreux. La pomme n'en est que plus sale. Tu la remets dans le baluchon, en sors une autre, plus propre. Tu la tends à ton petit-fils, Yassin, qui est assis près de toi, la tête contre ton bras fatigué. L'enfant saisit la pomme de ses petites mains crasseuses, la porte à sa bouche. Ses incisives ne sont pas

---

1. Littéralement *fleurs de pommier*. Ce terme désigne une étoffe très populaire dans toute l'Asie centrale, dont l'imprimé blanc sur fond rouge représente des fleurs de pommier stylisées.

encore sorties. Il essaye de croquer la pomme avec ses canines. Un frisson parcourt ses joues maigres et crevassées. Ses yeux effilés se brident encore plus. La pomme est acide. Son petit nez se rétracte; il renifle.

Tu t'es assis, le dos tourné au soleil automnal, contre le parapet du pont; le pont qui, au nord de la ville de Pol-e-Khomri, relie les deux berges de la rivière asséchée. C'est là que passe la route du nord de l'Afghanistan à Kaboul. En s'engageant à gauche à l'entrée du pont sur la piste de terre qui serpente au-delà des collines désertiques, on parvient à la mine de charbon de Karkar...

Les gémissements de Yassin t'arrachent au chemin de la mine. Regarde, ton petit-fils n'arrive pas à croquer cette pomme. Où as-tu mis le canif? Tu explores tes poches et le trouves. Tu prends la pomme des mains de ton petit-fils, la coupes en deux, puis encore en deux, lui redonnes le tout. Tu enfouis le canif dans une poche. Tu replies tes bras sur ta poitrine.

Cela fait longtemps que tu n'as pas chiqué. Où as-tu mis la boîte de *naswar*[1] ? Tu te remets à explorer tes poches et finis par la trouver. Tu déposes une prise dans ta bouche. Avant de ranger la boîte, tu jettes un coup d'œil dans le miroir du couvercle. Tes yeux bridés sont enfoncés dans leurs orbites. Le temps a laissé l'empreinte de son passage près de tes yeux, une empreinte formée de lignes sinueuses, comme des vers entrelacés autour de deux orifices, des vers affamés qui guettent... Le grand turban que tu portes est défait. Son poids t'enfonce la tête dans les épaules. Il est couvert de poussière. C'est peut-être ce qui le rend si lourd. Sa teinte d'origine, fanée par le soleil ou la poussière, est devenue méconnaissable.

Remets donc cette boîte à sa place ! Pense à autre chose, pose ton regard ailleurs.

Tu mets la boîte dans une poche. Tu caresses ta barbe grisonnante, enlaces tes

---

1. Mixture narcotique de couleur verdâtre.

genoux et fixes ton ombre lasse qui épouse l'ombre ordonnée des barreaux du pont.

Un camion militaire arborant une étoile rouge sur sa portière traverse le pont. Il rompt le sommeil pesant de la poussière. La poussière se soulève et envahit le pont. Puis, tout doucement, elle se pose. Elle se dépose partout : sur la pomme, sur le turban, sur les cils… De ta main tu veux protéger la pomme de Yassin.

– Arrête !

Ton petit-fils hurle. Mais voyons, ta main le gêne pour manger sa pomme.

– Tu préfères peut-être avaler la poussière ?!

– Arrête !

Laisse-le tranquille. Occupe-toi de toi. La poussière envahit ta bouche et tes narines. Tu craches le *naswar* au loin à côté de cinq autres flaques verdâtres. Avec un pan du turban, tu couvres ta bouche et ton nez. Tu jettes un coup d'œil sur la baraque peinte en noir du garde-barrière à l'entrée du pont, là où commence la route de la mine. De la fumée s'échappe d'une petite fenêtre. Après quelques secondes d'hésitation, tu agrippes d'une main la balustrade rouillée du pont, empoignes de l'autre le baluchon rouge. Tu te redresses et te diriges en clopinant vers la baraque. Yassin se lève aussi et te suit, agrippé à ta veste. Vous parvenez à proximité de la baraque. Tu avances la tête par le guichet qui n'a plus de vitre. L'intérieur est enfumé. Il s'en échappe une odeur de charbon et un souffle chaud et moite. Le gardien est exactement dans la position où tu l'as aperçu tout à l'heure, adossé contre une des parois. Il est toujours assoupi. Son képi est peut-être légèrement plus enfoncé. Pas plus que cela ! Tout le reste est identique, jusqu'à la cigarette à moitié consumée au bord de ses lèvres exsangues...

Tousse donc !

Ta toux ne parvient même pas à tes propres oreilles, alors que dire du gardien ! Tousse encore ; allons, plus fort ! Il n'a toujours rien entendu. Pourvu que le charbon ne l'ait pas asphyxié. Tu l'appelles.

– Mon frère...

– Qu'est-ce que tu me veux encore, *Bâba djân*[1] ?

Dieu merci, il parle. Il est en vie, mais toujours immobile, les yeux clos dans l'ombre du képi... Ta langue bouge, s'apprête à dire quelque chose. Ne lui coupe pas la parole !

– ... Tu vas finir par me rendre fou ! J'ai dû te le dire quarante fois[2] : la première voiture qui passe, je me jette sous ses roues, je la supplie de t'emmener à la mine ! Qu'est-ce que tu veux de plus ? Tu en as vu des voitures jusqu'à maintenant ? Alors quoi ! Il te faut peut-être un témoin ?

– Je ne me permettrais pas, vénérable frère ! Je sais bien qu'il n'y a pas eu de voiture. Mais sait-on jamais, si par malheur tu nous oubliais...

---

1. Littéralement *cher père*. Appellation à la fois familière et respectueuse à l'adresse d'une personne âgée.

2. Là où le français dirait cent, le persan préfère le chiffre quarante dont la symbolique très forte provient de la mythologie musulmane.

– Pourquoi veux-tu que je t'oublie, *Bâba djân*? Si tu veux l'entendre ton histoire, je la sais pas cœur. Chiche?... Ton fils travaille à la mine, tu es ici avec son garçon pour lui rendre visite, tu...

– Bon Dieu, tu as tout retenu... C'est moi qui perds la tête, j'ai l'impression que je ne t'ai rien dit... Parfois j'ai le sentiment que les autres oublient comme moi... Je te demande pardon, mon frère... Je t'ai importuné.

En vérité, tu as le cœur gros. Il y a longtemps qu'un ami, ou même un inconnu, ne s'est pas préoccupé de toi. Il y a longtemps qu'aucune parole familière ou étrangère n'a réchauffé ton cœur... Tu as envie de dire quelque chose et d'entendre quelque chose en retour. Vas-y, parle! Mais il est peu probable qu'il y ait un retour! Le gardien ne va pas t'écouter. Il est dans ses pensées. Il est avec ses pensées. Il est muré dans sa solitude. Laisse-le tranquille.

Tu restes planté devant la baraque. Silencieux. Ton regard s'éloigne, chemine à travers les ondulations de la vallée. La vallée est aride, pleine de ronces, paisible… À l'extrémité de la vallée, il y a Mourad, ton fils.

Ton regard quitte la vallée. Tu le tournes vers l'intérieur de la baraque. Tu voudrais dire au gardien que si tu restes ici, à attendre une voiture, c'est uniquement à cause de ton petit-fils Yassin. Si ça ne tenait qu'à toi, tu te serais depuis longtemps lancé sur la route, à pied. Quatre ou cinq heures de marche ne te font pas peur. Tu voudrais lui dire que du matin au soir tu travaillais la terre, debout sur tes deux jambes, que tu es un homme courageux, que… Et quoi encore ? Est-ce vraiment nécessaire de dire tout cela au gardien ? Qu'est-ce que ça peut bien lui faire ? Rien ! Alors laisse-le tranquille. Dors paisiblement, mon frère… Nous partons. Nous ne t'embêterons plus.

Mais tu ne bouges pas. Tu restes planté là sans mot dire.

Le bruit des pierres qui s'entrechoquent juste à tes pieds attire ton attention vers Yassin,

qui est là, accroupi en train d'écraser un morceau de pomme entre deux pierres.

– Que fais-tu? Bonté divine! Mange
cette pomme!

Tu empoignes Yassin par les épaules et le
redresses. Le gamin hurle :

– Arrête! Lâche-moi! Pourquoi cette
pierre ne fait-elle pas de bruit?

Aux odeurs de charbon qui s'échappent
de la baraque se mêlent maintenant les voci-
férations du gardien :

– Il y a de quoi perdre la tête avec vous
deux! Tu ne peux pas le faire taire un instant,
ton petit-fils?

Tu ne prends pas le temps de t'excuser
ou plus exactement tu n'en as pas le courage.
Tu empoignes Yassin précipitamment et
l'entraînes de force vers le pont. Furieux, tu te
laisses tomber à ta place contre le parapet,
poses le baluchon à tes côtés et, tout en enla-
çant ton petit-fils, tu grondes :

– Tiens-toi un peu tranquille!

À qui dis-tu cela? À Yassin? Lui qui
n'entend même pas le bruit d'une pierre. Alors

que dire de ta voix faible et tremblante! Le monde de Yassin est devenu un autre monde. Un monde muet. Il n'était pas sourd. Il l'est devenu. Lui même n'en a pas conscience. Il s'étonne que plus rien ne fasse de bruit. Alors que tout était différent il y a encore quelques jours. Imagine-toi être un enfant comme Yassin, un enfant qui encore récemment entendait et ne savait même pas ce qu'être sourd veut dire. Et puis un jour, tu n'entends plus rien. Pourquoi? Justement ce serait idiot de te dire que tu es devenu sourd! Tu n'entends pas, tu ne comprends pas, tu n'imagines pas que c'est toi qui n'entends plus. Tu crois que ce sont les autres qui sont devenus muets. Les hommes n'ont plus de voix, la pierre ne fait plus de bruit. Le monde est silencieux… Mais alors pourquoi les hommes remuent-ils les lèvres?

Yassin enfouit sa petite tête pleine d'interrogations sous ta veste.

Ton regard s'aventure de l'autre côté du pont, vers la rivière asséchée qui est devenue un lit de pierres noires et de buissons arides. Il chemine au-delà de la rivière, vers les montagnes au loin… Les montagnes se confondent avec la silhouette de Mourad, qui est maintenant devant toi et questionne :

– Qu'est-ce qui t'amène, Père ? Tout va bien, j'espère ?

Depuis plus d'une semaine, jour et nuit, ce visage et cette question ont pris possession de ton esprit. Cette question te ronge le sang. Ta tête n'est-elle donc pas capable d'apporter une réponse ?! Ah, si seulement cette question pouvait ne pas exister. Si on pouvait ne jamais dire *pourquoi* ! Tu es venu prendre des nouvelles de ton fils. Tout simplement. Mais enfin… comme n'importe quel père, tu penses de temps en temps à ton fils. Est-ce interdit ? Non. Il n'empêche que tu sais, toi, pourquoi tu es ici.

Tu cherches la boîte de *naswar* dans une de tes poches. Tu en verses un peu dans le creux de ta paume et le déposes sous la langue. Si seulement les choses pouvaient être simples, faites de plaisir, comme le *naswar*, comme le sommeil… Et ton regard s'évade par-delà les lointains sommets.

Le visage de Mourad se confond toujours avec les montagnes. Les rochers sont de plus en plus chauds, ils deviennent incandescents. On dirait qu'ils se transforment en charbon ardent, que la montagne n'est plus qu'un immense brasier. La braise s'enflamme, dévale la montagne et se déverse dans le fleuve aride tout près de toi. Tu es sur une berge, Mourad sur l'autre. Mourad continue de demander la raison de ta visite. Pourquoi es-tu seul avec Yassin ? Pourquoi lui as-tu donné des pierres silencieuses ?

Puis Mourad se met à descendre dans le lit de la rivière. Tu te mets à crier :

– Mourad, mon fils, arrête-toi ! Reste où tu es ! La rivière est en feu, tu vas brûler ! Ne viens pas !

Tu te demandes qui peut bien croire une chose pareille. Une rivière en feu ? Tu divagues ! Regarde, Mourad traverse la rivière sans brûler. Non, il doit brûler mais il ne le montre pas. Mourad est un héros. Il ne pleure pas. Regarde-le. Tout son corps est en nage. Tu te remets à hurler :

– Mourad, arrête ! La rivière est en feu !

Et Mourad avance toujours vers toi avec sa question :

– Pourquoi es-tu venu ? Pourquoi es-tu venu ?

De quelque part, de nulle part, surgit la voix de la mère de Mourad.

– Dastaguir, dis-lui de rester là-bas, vas-y, toi, traverse la rivière ! Va éponger sa sueur avec mon foulard *gol-e-seb*, celui de ton baluchon ! Je donnerais tous mes foulards pour la vie de mon fils !

Tes paupières se soulèvent. Tu sens ta peau baignée d'une sueur froide. Si seulement tu pouvais dormir tranquille. Voici une semaine que tu n'as pas dormi en paix. Dès que tu fermes les yeux, il y a Mourad et sa mère, il y a Yassin et sa mère, il y a de la poussière et des flammes, des cris et des larmes… et de nouveau tu te réveilles. Tes yeux brûlent. Ils brûlent d'insomnie. Tes yeux ne peuvent plus voir. Ils sont usés, épuisés. À force d'épuisement et d'insomnie, tu sombres à chaque instant dans un demi-sommeil. Un demi-sommeil où se bousculent les images… Comme si tu ne vivais plus que pour ces souvenirs et ces images. Les souvenirs et les images de ce que tu as vécu et que tu aurais voulu ne pas vivre ; peut-être aussi la vision de ce qui t'attend encore et que tu ne veux pas vivre.

Il faudrait pouvoir dormir comme un enfant, comme Yassin. Comme Yassin ?

Non, pas comme lui ! Comme tout autre enfant excepté Yassin. Yassin gémit et pleure dans son sommeil. Son sommeil n'est guère différent du tien.

Il faudrait pouvoir dormir comme un nouveau-né, sans images, sans souvenirs, sans rêves. Comme un nouveau-né, reprendre la vie au commencement.

Hélas, c'est impossible.

Tu voudrais vivre une nouvelle fois, ne serait-ce qu'une journée, une heure, une minute, une seconde même.

Tu repenses au moment où Mourad quitta le village, à l'instant où il franchit l'encadrement de la porte. Tu aurais dû partir toi aussi, prendre ta femme, tes enfants et tes petits-enfants et aller ailleurs, dans un autre village. Tu aurais pu aller à Pol-e-Khomri. Qu'importe que tu n'aies plus eu ni terre ni culture. Au diable le blé! Tu aurais suivi Mourad, tu l'aurais soutenu en travaillant à la mine. Tu n'aurais pas eu à expliquer ta présence aujourd'hui.

Hélas...

Dans ces quatre années que Mourad a passées à la mine, tu n'as pas eu une seule occasion de lui rendre visite. Quatre années qu'il t'a confié sa jeune femme et son fils et a rejoint la mine pour gagner sa vie.

En vérité, Mourad a fui le village et ses habitants, il voulait s'éloigner et il est parti... Dieu merci il est parti.

Il y a quatre ans, l'abject fils de ton voisin Yaqoub Shah avait fait des avances à l'épouse de Mourad et ta bru l'avait répété à Mourad. Armé d'une pelle, Mourad s'était précipité aussitôt chez Yaqub Shah, avait mandé son fils et, sans plus d'explication, lui avait fendu le crâne. Yaqub Shah avait mené son fils blessé devant le conseil du village et Mourad avait été condamné à six mois de prison.

À sa libération, Mourad avait pris ses affaires et était parti pour la mine. Depuis, il n'est revenu au village qu'à quatre reprises. Un mois vient de s'écouler depuis sa dernière visite et voilà que tu arrives, accompagné de son fils. Il y a de quoi se poser des questions !

– De l'eau !

Au cri de Yassin ton regard glisse de la montagne sur le lit craquelé de la rivière, et de la rivière sur les lèvres desséchées de ton petit-fils qui réclame fiévreusement de l'eau.

– Mais où veux-tu que je prenne de l'eau, mon fils ?

Tu jettes un regard à la sauvette vers la baraque du garde-barrière. Tu n'oses pas réclamer une nouvelle fois de l'eau au gardien car tu as puisé ce matin même dans sa cruche pour Yassin, et si tu le sollicites encore... il va sûrement se mettre en colère, te jeter la cruche à la figure... Il vaut mieux demander ailleurs...

Ta main en visière te fait de l'ombre et tu regardes à l'autre extrémité du pont. Il y a là-bas une petite échoppe où tu t'es arrêté ce matin pour demander la route de la mine, et l'homme t'a renseigné avec une grande amabilité. Retournes-y et demande lui de l'eau! Tu te redresses à moitié pour te mettre en route. Mais tu restes cloué sur place. Et si jamais une voiture passait?... Et que le gardien ne te voyait plus à ton poste? Toute cette attente pour rien! Non, reste où tu es! Le gardien n'est pas du genre à patienter, à te chercher, à t'appeler... Non, Dastaguir, tiens-toi sagement où tu es.

– De l'eau! de l'eau! de l'eau!

Yassin sanglote. Tu t'agenouilles, attrapes une pomme dans le baluchon et la lui tends.

– Non, je veux de l'eau, de l'eau!

Tu laisses échapper la pomme par terre, te redresses avec tes dernières forces, attrapes Yassin d'une main, le baluchon de l'autre et te presses vers l'échoppe en ronchonnant.

C'est une petite baraque faite de poutres et de trois murs en pisé. Des cadres de bois agencés d'une manière un peu chaotique forment la devanture. Du plastique tendu sur les cadres remplace les vitres. Un homme est assis derrière un guichet. Il a une barbe noire. Une calotte en passementerie couvre son crâne rasé. Il porte un gilet noir. Son torse grêle disparaît presque entièrement derrière une volumineuse balance. La tête inclinée, il est absorbé dans sa lecture. Au bruit de tes pas et de ton marmonnement, il lève les yeux, remet d'aplomb ses lunettes. Malgré son expression soucieuse, on est frappé par l'éclat de ses yeux qu'intensifient les verres loupes. Un sourire bienveillant s'affiche sur ses lèvres ; il te souhaite la bienvenue et demande :

– Tu reviens de la mine ?

Tu craches ton *naswar* par terre et réponds humblement.

– Hélas, mon frère. Nous n'y sommes pas encore allés. Nous attendons qu'une voiture passe. Mon petit-fils a très soif. Si tu avais la bonté de lui donner un peu d'eau…

Le marchand saisit la cruche et verse de l'eau dans un gobelet en cuivre.

Dans son dos, sur le mur, il y a une grande scène peinte : derrière un grand rocher, on voit un homme qui tient le diable par le bras. Tous deux regardent en cachette un vieil homme tomber dans une fosse.

Le marchand tend le gobelet à Yassin et s'adresse à toi :

– Tu viens de loin?

– D'Abqul. Mon fils travaille à la mine. Je lui rends visite.

Tu fixes la baraque du gardien.

– Ça va mal par là-bas?

Le marchand essaye d'engager la conversation mais tu restes rivé sur la baraque. Tu te tais. Comme si tu n'avais pas entendu. En vérité tu n'as pas voulu entendre. Ou bien tu ne veux pas répondre. Allez, mon frère, laisse Dastaguir tranquille.

– On dit que la semaine dernière les Russes ont anéanti le village entier, est-ce vrai?

Tu n'auras donc jamais la paix. Tu es venu chercher de l'eau, pas des larmes. Rien qu'une

31

goutte d'eau! Allez, mon frère, par la grâce de Dieu, ne verse pas de sel sur nos plaies.

Qu'y a-t-il donc, Dastaguir? Il y a tout juste quelques instants, tu avais le cœur gros. Tu étais prêt à parler à n'importe qui de n'importe quoi. Voilà enfin quelqu'un à qui tu peux livrer ton cœur, quelqu'un dont le regard est déjà un réconfort. Dis quelque chose! Sans quitter des yeux la baraque du gardien, tu réponds :

– Oui, mon frère. J'y étais. J'ai tout vu. J'ai vu ma propre mort.

Tu te tais. Si tu poursuis et t'engages dans la discussion, tu risques de manquer le passage d'une voiture.

Le marchand ôte ses lunettes, passe la tête par le guichet pour voir ce qui retient ainsi ton attention. Dès qu'il aperçoit la baraque, il comprend et dit :

– Mon cher frère, il est encore trop tôt. La voiture passe toujours vers quatorze heures. Tu as deux heures devant toi.

– À quatorze heures ? Mais pourquoi le gardien ne m'a-t-il rien dit ?

– Probablement qu'il n'en sait trop rien ! Il ne faut pas lui en vouloir. Le passage des voitures est aléatoire. D'ailleurs y a-t-il dans ce pays quelque chose qui soit à l'heure ? Aujourd'hui...

– Grand-père, je veux des *senjets* [1].

L'homme est interrompu par la voix de Yassin. Tu prends le gobelet des mains de Yassin. Il n'a pas encore tout bu.

– Finis d'abord ton eau.

– Je veux des *senjets* !!!

Tu portes le gobelet à sa bouche et lui fais signe autoritairement de le vider. Yassin détourne la tête et reprend d'une voix sanglotante.

– *Senjets* ! *senjets* !

Par le guichet, le marchand tend à Yassin une poignée de *senjets*. Celui-ci les prend et s'installe par terre à tes pieds. Tu restes planté là, le gobelet à la main et essayes de garder ton

---

1. Petits fruits rouges du jujubier.

calme. *Lâ Hawl*[1] ! Tu prends une grande respiration et tu déclares d'un air découragé :

– Ce garçon va me rendre fou.

– Ne dites pas cela, père. C'est juste un enfant. Il ne peut comprendre.

Tu inspires, plus profondément encore, avec plus de peine que tout à l'heure. Tu reprends :

– Hélas, mon frère, le problème n'est pas qu'il ne comprend pas... Cet enfant est devenu sourd.

– Que Dieu le guérisse ! Que lui est-il arrivé ?

Tu vides le gobelet de ton petit-fils et poursuis :

– Le bombardement du village l'a rendu sourd. Je ne sais plus comment me faire comprendre. Je lui parle comme avant, je le gronde... C'est juste l'habitude...

En parlant, tu tends le gobelet par le guichet. L'homme le prend, son regard plein de

_____

1. Lâ Hawl Wallâh... (Coran), littéralement *seul Dieu a le pouvoir de juger*. Exclamation de la langue populaire pour maîtriser sa colère.

compassion se pose sur Yassin, puis sur toi, pour finir sur le verre vide… Il préfère garder le silence… Il se retire sans un mot à l'intérieur du magasin. Sa main va chercher une petite tasse sur une étagère. Il y verse du thé et te l'offre.

– Prends une gorgée de thé, frère. Tu es épuisé. Le temps ne presse pas. Je connais toutes les voitures qui vont à la mine. Si l'une d'elles arrive, compte sur moi pour te prévenir.

Tu jettes un coup d'œil en direction de la baraque du gardien et, après une brève hésitation, tu prends la tasse de thé.

– Tu es un homme de cœur. Que tes ancêtres reposent en paix !

En te voyant boire, l'homme a un sourire bienveillant.

– Si tu as froid, entre donc dans la boutique. On dirait que ton petit-fils a froid, lui aussi.

– Dieu te bénisse, frère, nous sommes très bien ici, il y a du soleil. Je ne voudrais pas t'importuner davantage. Et si jamais une voiture arrive… Je bois mon thé et prends congé.

– Vénérable père, je viens de te dire que je te préviendrai si une voiture vient à passer.

35

D'ici, tu peux les voir arriver. D'accord, si tu n'as pas envie, c'est autre chose.

– Dieu m'est témoin, mon frère, ce n'est pas une question d'envie. C'est que le gardien n'est pas du genre à faire patienter une voiture.

– Crois-moi, père, avant qu'il leur donne le laissez-passer et qu'il aille ouvrir la barrière, ça prend un bon bout de temps. D'ailleurs il n'est pas bien méchant, ce gardien. Je le connais bien, il passe beaucoup de temps ici. C'est le chagrin qui l'a endurci.

L'homme marque un arrêt, glisse une cigarette au coin des lèvres et l'allume. Il se remet à parler sereinement.

– Tu sais, père, la douleur, soit elle arrive à fondre et à s'écouler par les yeux, soit elle devient tranchante comme une lame et jaillit de la bouche, soit elle se transforme en bombe à l'intérieur, une bombe qui explose un beau jour et qui te fait exploser... Le chagrin de Fateh le gardien, c'est un peu des trois à la fois. Quand il vient me voir, son chagrin s'écoule dans ses larmes mais, dès qu'il est seul dans sa baraque, il se transforme en bombe… Quand il sort et voit les autres gens, son chagrin devient lame, il a envie de…

Tu n'entends plus la suite. Tu te perds au fond de toi, là où se tapit ta détresse. Et ton chagrin à toi? S'est-il transformé en larmes? Non, sinon tu pleurerais. En poignard? Non plus. Tu n'as encore blessé personne. En bombe? Tu es toujours en vie. Tu es incapable de décrire ton chagrin : il n'a pas encore pris forme. C'est encore trop tôt. Si seulement il pouvait se dissiper avant même de prendre forme, disparaître… Il va disparaître, ça ne fait aucun doute, oui… À l'instant même où tu verras Mourad ton fils… Mourad, où es-tu donc?

– *Bâba*, à quoi penses-tu?
La question de l'homme interrompt ton voyage intérieur. Tu réponds humblement.
– À rien, tu parlais de chagrin…

Tu rends la tasse de thé à l'homme. Tu explores tes poches, sors la boîte de *naswar* et en déposes un peu sous ta langue. Tu vas t'asseoir contre un des piliers en bois qui supportent le toit en tôle de la boutique. Yassin joue en silence avec les noyaux de *senjets*. Tu lui prends le bras et le tires près de toi. Tu vas dire quelque chose mais un bruit de pas te fait te raviser.

Un homme en uniforme militaire s'approche.

– *Salam*, Mirza Qadir.

– *Walekom*[1], Hashmat Khan

Le soldat achète une boîte d'allumettes et engage la conversation avec le marchand.

Près de toi, ton petit-fils s'affaire autour d'une fourmi que les taches vertes du *naswar* ont attirée devant la boutique. À l'aide d'un noyau, il malaxe le *naswar*, la terre et la fourmi. Celle-ci se débat dans le mélange vert.

Le soldat prend congé de Mirza Qadir. Il passe devant toi.

Avec le noyau, Yassin remue la terre à l'endroit de l'empreinte laissée par les pas du soldat.

---

1. Déformation de l'arabe *Salaam aleikoum*. Salutations usuelles en Afghanistan.

La fourmi a disparu. Fourmi, terre et *naswar* sont partis collés à la semelle du soldat qui s'éloigne.

Mirza Qadir quitte sa place derrière la balance, se retire dans un coin du magasin et fait sa prière de midi.

Voilà une semaine que tu n'as pas prié, ni dans une mosquée, ni dans l'intimité. Tes vêtements sont impropres à la prière. Depuis une semaine tu portes ces mêmes vêtements nuit et jour. Dieu est miséricordieux...

Que tu pries ou non, la vérité est que Dieu ne se soucie guère de toi. S'il pouvait penser à toi un seul instant, se pencher sur ta détresse!... Hélas, Dieu a abandonné ses créatures... car si c'est ainsi qu'il veille sur elles, alors même toi, avec toute ton impuissance, tu peux régner sur mille mondes! *Lâ Hawl*! Dastaguir! Tu blasphèmes! Malheur aux tentations de Satan! Maudis sois-tu!! Occupe tes pensées à autre chose! Mais quoi? N'as-tu donc pas faim? Crache ton *naswar*!

– Eh l'homme! Ta langue va finir par s'user. Tous tes organes vont s'user. Ces derniers temps, tu ne te nourris plus que de *naswar*.

Tu entends la voix de la mère de Mourad, les paroles qu'elle prononçait quotidiennement au moment de passer à table, surtout à l'époque où Mourad était en prison. Le *naswar* en permanence sous la langue, tu faisais tout pour fuir les repas. Tu t'esquivais dans le petit jardin de la maison, prenant prétexte des derniers rayons de lumière et des mauvaises herbes à arracher. Là, assis au pied des fleurs, tu confiais ton chagrin à la terre. La voix de ta femme résonnait dans le jardin. Elle disait qu'après ta mort et jusqu'au Jugement dernier tu aurais la bouche pleine de terre, que tu serais toi-même réduit en poussière, pour repousser en tabac. Elle disait qu'en enfer tu brûlerais dans un brasier de tabac… pour l'Éternité!

On est loin du Jugement dernier et tu brûles déjà. Que pourrais-tu craindre encore des flammes de l'enfer et d'un brasier de tabac!

Tu craches ton *naswar* au loin. Tu prends un bout de pain dans le baluchon rouge, le partages entre Yassin et toi.

Tes dents sont hors d'usage. Mais non. C'est le pain qui est dur de plusieurs jours. Justement, s'il y a une chose encore en état, ce sont bien tes dents. Le vrai problème, c'est qu'il n'y a pas de pain ! Si au moins tu avais le choix. Les dents ou le pain ! Serait-ce cela le libre arbitre de l'Homme ?

Tu sors une pomme du baluchon. Tu reprends tes reproches envers Dieu. Tu l'implores de descendre de son piédestal. Tu étends le foulard *gol-e-seb* comme pour l'inviter à partager ton pain rassis. Tu veux savoir ce qu'il pouvait bien te reprocher pour t'avoir réservé un pareil destin…

– Le soldat prétend que les Russes ont anéanti le village.

Mirza Qadir s'interpose entre toi et ton Dieu. Tu le bénis de t'avoir posé cette question, de t'avoir évité d'entrer en guerre avec

Dieu. Tu implores la miséricorde divine et t'adresses à Mirza Qadir :

– C'est peu dire, mon frère, ils n'ont pas épargné une seule vie... Je me demande ce que Dieu pouvait bien nous reprocher... Notre village est réduit en poussière.

– Pourquoi l'ont-ils attaqué ?

– Tu sais bien, mon ami, dans ce pays, si tu te demandes pourquoi, il faut commencer par faire parler les morts dans leurs tombes. Qu'est-ce que j'en sais, moi, pourquoi ? Il y a quelque temps, une bande de traîtres du gouvernement est venue lever des troupes. La moitié des jeunes gens a fui, l'autre moitié s'est cachée. Prétextant la fouille des maisons, les miliciens ont tout pillé et saccagé. En pleine nuit, des hommes arrivés du village voisin ont massacré les miliciens du régime... Au matin, ils sont repartis avec les jeunes gens qui s'étaient dissimulés pour échapper aux bannières rouges... Dès le lendemain les Russes étaient là, le village était encerclé. Je me trouvais au moulin. Tout à coup il y a eu une détonation. Je suis sorti. Je ne voyais que des flammes et de la poussière. Je me suis mis à courir vers la maison. Pourquoi n'ai-je donc pas été tué par un éclat avant d'arriver chez moi! Quel péché avais-je donc commis pour être condamné à vivre, à être témoin de...

Ta gorge est nouée. Les larmes font irruption dans tes yeux. Non, ce ne sont pas des larmes, c'est ton chagrin qui fond et qui s'écoule. Laisse-le couler.

Dans ses quatre murs, le silence de Mirza Qadir ressemble à celui d'une image. Comme s'il faisait partie de la scène peinte derrière lui.

Tu poursuis :

– Je courais vers la maison dans un nuage de flammes et de fumée. En chemin, j'ai vu la mère de Yassin. Elle courait entièrement nue... Elle ne criait pas, elle riait. On aurait dit une folle courant dans tous les sens. Elle était au hammam quand la bombe était tombée... Le hamman avait explosé... Des femmes étaient mortes et avaient été enterrées vives... Mais ma bru... Si j'avais pu perdre mes yeux et ne pas la voir dans un tel déshonneur. J'ai voulu la rattraper mais elle a disparu dans les flammes. Je ne sais pas comment j'ai retrouvé la maison. Il ne restait plus rien... Elle s'était transformée en tombeau pour ma femme, mon autre fils, sa femme et leurs enfants...

Ta gorge est au bord de l'explosion. Une larme coule. Tu viens la cueillir sous ton œil avec un pan de ton turban. Puis tu continues :

– Il n'y a que ce petit-fils qui ait survécu. Et lui ne peut pas m'entendre. J'ai l'impression de m'adresser à une pierre. Ça me brise le cœur... Parler, ça ne suffit pas, mon frère, si on ne t'entend pas, ça ne sert à rien, c'est comme des larmes...

Tu presses le visage de Yassin contre toi. L'enfant hausse les yeux vers toi. Il te regarde et s'exclame :

– Grand-père pleure, mon oncle est mort, *bibi* [1] est partie... Qader est mort, *bobo* [2] est morte !

Depuis une semaine, dès qu'il te voit pleurer, Yassin répète ces paroles. À chaque fois il raconte et mime la scène du bombardement :

_____

1. Désigne la grand-mère.
2. Désigne la mère.

– La bombe était très forte. Elle a tout fait taire. Les tanks ont pris la voix des gens et sont repartis. Ils ont même emporté la voix de grand-père. Grand-père ne peut plus parler, il ne peut plus me gronder...

L'enfant rit et se met à courir vers la baraque du gardien. Tu l'appelles.
– Reviens ! où vas-tu ?
En vain. Laisse-le donc s'amuser un peu.

Jusqu'ici Mirza Qadir est resté silencieux, incapable de trouver les mots pour compatir à ta souffrance. Lentement, il marmonne quelque chose dans sa barbe et te présente ses condoléances.
Puis il se met à parler en égrenant chaque mot :
– Vénérable père, à l'heure actuelle, les morts sont plus heureux que les vivants. Que faire ! Les temps sont durs. Les hommes ont perdu toute dignité. Le pouvoir est leur foi, au lieu que la foi soit leur pouvoir. Il n'y a plus d'homme digne de ce nom, il n'y a plus d'hommes valeureux. Qui se souvient encore

de Rostam [1]. Aujourd'hui Sohrab [2] assassine son père et, pardonnez moi l'expression, baise sa mère... L'époque est à nouveau aux serpents de Zohak [3], des serpents qui se nourrissent du cerveau de notre jeunesse...

Il s'interrompt pour allumer une cigarette. Il montre du doigt la peinture qui se trouve au mur et reprend :

– D'ailleurs, les jeunes eux-mêmes sont les Zohak d'aujourd'hui. Ils ont pactisé avec

---

1. Rostam, fils de Zâl, héros légendaire du *Shahnama* (*Le Livre des Rois*). Ce célèbre poème épique, écrit par le grand poète de langue persane Ferdoussi (XIe siècle), raconte l'affrontement de deux clans ennemis de la Perse orientale et occidentale, affrontement au cours duquel Rostam va tuer son fils Sohrab dont il ne soupçonne pas l'existence.

2. Sohrab, fils de Rostam, né de son union secrète avec Tahmina, princesse de Touran, se retrouvera adversaire de son père dans la célèbre bataille qui opposera les deux royaumes et sera tué involontairement par lui.

3. Zôhak, tyran légendaire du *Livre des Rois*, avait affermi sa puissance grâce à deux serpents qui trônaient sur ses épaules et se nourrissaient de la cervelle des jeunes gens du royaume.

le diable et poussent leur propre père dans la fosse… Un jour c'est leur propre cervelle qui y passera.

Son regard croise le tien. Tes yeux sont rivés sur la porte. L'échoppe est maintenant une pièce spacieuse, au bout de laquelle ton oncle est assis, près de son *tchelam*[1]. Tu as l'âge de Yassin. Tu es accroupi aux pieds de ton oncle. Il lit le *Shahnama* à voix haute, il parle de Rostam, de Sohrab, de Tahmina… il parle du combat de Rostam et Sohrab… du talisman qui sauva la vie de Rostam, de la mort de Sohrab… Ton petit frère se met à pleurer, quitte la pièce et va poser sa tête sur les genoux de ta mère. Il sanglote :
– Non, Sohrab est plus fort que Rostam !
Et ta mère lui répond :
– C'est vrai, mon fils, Sohrab est plus fort que Rostam.
Toi aussi tu pleures mais tu ne quittes pas la pièce. Silencieux, les yeux inondés de larmes, tu restes assis aux pieds de ton oncle,

_____

1. Pipe à eau.

tu voudrais savoir si Rostam pourra encore combattre après la mort de Sohrab...

Le toussotement de Mirza Qadir te sort de cette évasion dans ton enfance.

La boutique est redevenue toute petite. Dans l'encadrement du guichet surgit la tête de Mirza Qadir. Il demande :

– Vas-tu à la mine pour travailler avec ton fils ?

– Non, mon frère, juste pour le voir... Il ne sait rien du malheur qui s'est abattu sur sa famille. Mais le plus terrible c'est de devoir annoncer une chose pareille à son propre fils. Je ne sais pas comment m'y prendre. Il n'est pas du genre à supporter en silence... Qu'on lui prenne la vie, mais qu'on ne vienne pas toucher à son honneur ! Aussitôt, il voit rouge...

Tu portes la main à ton front, tu fermes les yeux et tu poursuis :

– Mon fils, mon seul fils va sûrement devenir fou... Il vaut mieux que je ne dise rien.

– C'est un homme, père ! Il faut que tu lui dises ! Il faut qu'il accepte. Un jour ou l'autre il l'apprendra. Il vaut mieux que ce soit par toi. Que tu sois près de lui, que tu partages sa peine. Ne le laisse pas seul ! Fais-lui comprendre qu'ainsi va la vie, qu'il n'est pas seul au monde, qu'il vous a, son fils et toi. Vous devez vous soutenir mutuellement… Ces malheurs sont le lot de tout de monde, la guerre n'a pas de cœur…

Mirza Qadir approche la tête de la porte et dit en baissant la voix :

– …la loi de la guerre c'est la loi du sacrifice. Dans le sacrifice, ou bien le sang est sur ta gorge, ou bien il est sur tes mains.

Envahi par un sentiment d'impuissance, tu demandes machinalement :

– Pourquoi ?

Mirza Qadir jette sa cigarette au loin. Il poursuit à voix basse :

– Mon frère, la guerre et le sacrifice suivent la même logique. Il n'y a pas d'explication. Ce qui est important, ce n'est ni la cause ni le résultat, mais l'acte proprement dit.

Il se tait. Il cherche l'effet de ses paroles dans tes yeux. Tu hoches la tête. Comme si tu avais compris. En ton for intérieur, tu te demandes quelle peut bien être la logique de la guerre. Tout cela est bien beau mais n'apporte de remède ni à ton chagrin ni à celui de ton fils. Mourad n'est pas du genre à philosopher ou à réfléchir à la logique et aux lois de la guerre. Pour lui, le sang appelle le sang. Il se vengera fût-ce au prix de sa vie. C'est la seule issue ! Et puis, il n'a que faire d'avoir du sang sur les mains.

– *Bâba*, où es-tu ? ton petit-fils va me rendre fou !!

Le hurlement du gardien te fait sursauter. Tu te précipites vers la baraque en criant :

– J'arrive, j'arrive !!

Tu vois Yassin posté devant la baraque, en train de la bombarder de cailloux. Le gardien s'est retranché à l'arrière et lance des rugissements de fureur. Tu parviens à la hauteur de Yassin, lui donnes une taloche sévère et lui prends les cailloux des mains. Le gardien, hors de lui, sort de son abri :

– Ton petit-fils est devenu fou ! Il s'est mis à lancer des pierres sur le poste. J'ai eu beau lui dire d'arrêter ! Il est idiot ou quoi…

– Accepte mes excuses, mon frère, cet enfant est sourd, il n'entend plus...

Tu reconduis Yassin vers l'échoppe. Mirza Qadir sort et se dirige en riant vers le gardien.

Tu reprends ta place contre le pilier en bois et serres la tête de Yassin contre toi.

Yassin ne pleure pas. Il semble perplexe comme à l'accoutumée.

Il demande :

– Les tanks sont-ils venus ici aussi ?

– Qu'est-ce que j'en sais. Reste tranquille !

Vous vous taisez. Vous savez tous deux que ces questions-réponses ne servent à rien. Cependant Yassin continue :

– C'est sûr qu'ils sont venus. Le monsieur de la boutique n'a plus de voix, le gardien n'a plus de voix... Grand-père, les Russes sont-ils venus prendre les voix de tout le monde ? Que font-ils de toutes ces voix ? Pourquoi les as-tu laissés prendre ta voix ? Sinon ils t'auraient tué ? *Bibi* n'a pas donné sa voix, et elle est morte... Si elle était là, elle m'aurait raconté l'histoire du *Bâba Khâr-kash*[1]. Non, si elle était là, elle n'aurait pas de voix...

Il se tait un instant et puis reprend :
– Grand-père, est-ce que j'ai une voix, moi ?
Tu réponds malgré toi :
– Oui !
Il répète sa question. Tu le regardes et lui fais un signe affirmatif de la tête. L'enfant se tait à nouveau puis demande :
– Mais alors pourquoi suis-je en vie ?

Il enfouit son visage sous ta veste. Comme s'il cherchait à coller son oreille contre ta poitrine pour entendre quelque bruit venant du dedans. Il n'entend rien. Il ferme les yeux. Dans son propre corps, tout est sonore. Sans aucun doute. Si seulement tu pouvais entrer en lui et lui raconter l'histoire du *Bâba Khârkash*.

---

1. *Bâba Khârkash* : conte persan proche du *Petit Poucet*.

La voix tremblante de ta femme parvient à tes oreilles. Elle dit :

– Il était une fois *Bâba Khârkash*…

Te voilà nu comme un ver, debout sur l'épaisse branche d'un jujubier. Tu es monté secouer les branches pour Yassin. Au pied de l'arbre, Yassin ramasse les fruits. Involontairement, tu te mets à uriner. Yassin s'éloigne de l'arbre en pleurant et va s'asseoir au pied d'un autre arbre. Il vide le baluchon de ses pommes et y met les *senjets*. Il noue l'étoffe. Il creuse la terre de ses petites mains et découvre une porte à la surface du sol, fermée par une grosse serrure. Il ouvre la serrure à l'aide d'un noyau de *senjet* et s'enfonce sous terre. Tu cries :

– Yassin, où vas-tu ? Attends-moi, j'arrive !

Yassin n'entend rien, Yassin s'en va et la porte se referme derrière lui. Tu essayes de descendre de l'arbre, mais l'arbre ne cesse de croître. Tu tombes sans jamais atteindre le sol…

Tes yeux s'entrouvrent. Ton cœur martèle ta poitrine. Yassin est toujours tranquillement blotti contre toi. Mirza Qadir et le gardien bavardent à côté de la baraque. Tu t'efforces de tenir tes yeux grands ouverts. Tu ne veux plus t'assoupir, tu ne veux plus rêver mais tes paupières sont si lourdes que ta volonté est impuissante.

Tu entends une voix de femme :

– Yassin ! Yassin ! Yassin !

C'est la voix de Zaynab, la mère de Yassin. L'écho de son rire vibre encore dans tes oreilles. La voix semble venir des profondeurs. Tu t'avances vers la porte qui conduit sous terre. Elle est fermée. Tu appelles Zaynab. Ta voix résonne de l'autre côté de la porte. La porte s'ouvre. Tu te retrouves en face de Fateh le garde-barrière. Il t'accueille le sourire aux lèvres et te dit :

– Bienvenue. Entre, je t'attendais.

Tu t'enfonces sous terre. La porte se referme sur toi. À l'extérieur retentit le rire de Fateh. Il crie :

– Tu mourais d'envie de partir, n'est-ce pas ! Tu n'as cessé de me harceler depuis ce matin. Eh bien, bonne route !

Sous terre il fait froid et humide. Tu respires une odeur de vase. Il y a un grand jardin, complètement nu, sans fleurs ni verdure. D'étroits sentiers bourbeux cheminent entre des chênes sans feuillage.

Zaynab est sous un arbre, nue à côté d'une fillette. Tu l'appelles. Ta voix ne semble pas l'atteindre. Elle prend la fillette dans ses bras et l'enveloppe dans le foulard *gol-e-seb*. Elle dépose un baiser sur sa joue et s'éloigne. Yassin est juché sur la branche d'un jujubier, nu lui aussi. Il t'explique que la fillette est sa sœur, qu'il a donné à sa mère le foulard *gol-e-seb* de ta femme, celui qui te servait de baluchon, pour qu'elle puisse protéger sa sœur du froid. Depuis quand Yassin a-t-il une sœur ? Il y a encore quelques jours, Zaynab était enceinte de quatre mois ! Elle aurait déjà accouché ?! Sa fille serait déjà si grande ?!

Tu regardes Yassin. Il tremble de froid. Il essaye de descendre de l'arbre mais n'y arrive pas. L'arbre ne cesse de croître. Yassin sanglote.

Des flocons de neige se déposent sur ta peau. Les sentiers se couvrent de neige.

Zaynab se déplace en se dissimulant derrière les arbres. Elle court. Tu l'appelles encore. En vain. Elle va nue sur la neige, la fillette dans les bras.

Elle rit. Ses pas ne laissent pas de traces sur la neige, mais retentissent dans le jardin. Yassin appelle sa mère. Sa voix a mué. Il a la voix de sa mère, une voix aiguë... Tu observes son corps. C'est celui d'une fillette. À la place de son petit sexe, il y a une vulve de fillette. Tu es terrifié. Involontairement tu appelles Mourad. Ta voix reste prisonnière dans ta gorge. Elle résonne dans ta poitrine. Tu as la voix de Yassin, sa voix fluette, nouée de sanglots, sa voix pleine d'étonnement, de douleur, d'interrogations :

– Mourad, Mourad ! Mourad ?

Des mains se posent sur tes épaules. Tu te retournes. Tu es presque pétrifié. C'est Mirza Qadir qui déclare avec son éternel sourire :

– Les serpents de Zohak ne se contentent plus du cerveau de nos jeunes, ils réclament leur queue !

Tu es maintenant complètement pétrifié. Tu veux te libérer de l'étreinte pesante de Mirza Qadir, mais tu es incapable de bouger.

Tes yeux s'ouvrent. Ton corps est inondé de sueur. Ton cœur bat à cent à l'heure. Tes mains tremblent.

Tu rencontres deux yeux bienveillants :

– Père, lève-toi, la voiture est là.

Une voiture ? Pour quoi faire ? Où veux-tu aller ? Où es-tu ?

– Père, il y a une voiture pour la mine.

Tu reconnais la voix de Mirza Qadir. Tu reviens à toi. Yassin dort tranquillement dans tes bras. Tu t'apprêtes à le réveiller. Mirza Qadir dit :

– Père, laisse donc ton petit-fils ici. Vas-y d'abord tout seul. Parle à ton fils en tête-à-tête. Et puis reviens ici. Il n'y a pas de place à la mine pour que vous y dormiez tous les deux. Et ton fils sera plus malheureux encore s'il voit son enfant dans cet état.

Soit. Imagine Yassin devant son père. Il se jette dans ses bras et, avant même que tu aies pu dire quelque chose, il se met à crier : « Oncle est mort, *bobo* est morte... Qadir est mort, *bibi* est morte. Grand-père pleure... » Le cœur de Mourad va s'arrêter net en entendant cela. Comment veux-tu faire comprendre à Yassin qu'il doit se taire.

Tu acceptes la proposition de Mirza Qadir. Mais un sentiment d'angoisse t'envahit. Comment abandonner l'unique enfant de ton unique fils à un inconnu ? Tu connais Mirza Qadir depuis à peine deux heures ! Que va dire Mourad ?

– *Bâba*, tu viens ou non ?

C'est la voix du gardien. Tu restes planté devant Mirza Qadir, muet, le regard assailli d'interrogations. Que faire ? Yassin ou Mourad ? Dastaguir, ce n'est pas le moment de réfléchir ! Confie Yassin à Dieu et cours chez Mourad.

– *Bâba*, la voiture va partir.
– Yassin est entre tes mains et celles de Dieu.

Le regard et le sourire de Mirza Qadir dissipent tes dernières craintes.

Tu prends le baluchon rouge et te diriges vers la baraque. Un énorme camion t'attend. Tu salues le chauffeur et montes. Le gardien est posté devant sa baraque, avachi, encore tout engourdi, vêtu d'un simulacre d'uniforme, l'éternel mégot à demi consumé au coin des lèvres. Il enlève la barrière qui barre le chemin de la mine et fait signe au chauffeur :
– En route !

Le chauffeur échange quelques mots avec toi. Le garde-barrière vocifère :
– Shahmard ! tu y vas ou pas ?

Shahmard fait un signe de la main en guise d'excuse et démarre.

Le camion pénètre à toute allure dans le territoire de la mine. Dans le rétroviseur, le gardien et sa baraque disparaissent dans un nuage de poussière. Tu ne sais pas pourquoi, mais ce spectacle te procure une sorte de plaisir. Allons, le gardien n'est pas si terrible que ça. Il a beaucoup de chagrin, c'est tout. Frère, pardonne-moi de t'avoir importuné. Loué soit ton père.

Ton cœur s'emballe. Les retrouvailles sont proches. Mourad est au bout de cette route. Bénie soit cette route que Mourad a maintes fois empruntée. Tu voudrais demander à Shahmard d'arrêter le camion, afin que tu descendes et te prosternes devant cette terre, devant ces pierres, ces ronces qui ont un jour baisé les pieds de ton fils. N'être rien de plus que la poussière des pas de Mourad !

– As-tu attendu longtemps ?
La question de Shahmard te sort de ta béatitude.

– Depuis neuf heures du matin.

Le silence reprend sa place entre vous.

Shahmard doit être un jeune homme d'environ trente ans, peut-être moins. Sa peau basanée, son teint terreux et les rides qui sillonnent son visage le font paraître plus âgé. Une vieille toque en astrakan couvre sa chevelure huileuse. Des moustaches noires dissimulent sa lèvre supérieure et ses dents jaunies. Sa tête est projetée vers l'avant. Ses yeux, entourés de cernes noirs, remuent sans cesse. Son regard part dans tous les sens.

Une cigarette à demi consumée est calée sur son oreille droite. Son parfum parvient à tes narines. Au début, tu crois sentir une odeur de charbon, l'odeur de la mine, l'odeur de Mourad, dont les retrouvailles imminentes vont illuminer ton regard. Tu baiseras son front, ou plutôt ses pieds. Tu baiseras ses yeux, ses mains. Comme un fils qui retrouve son père. Oui, tu es bien le fils de Mourad et il va te serrer dans ses bras, il va te consoler. Il va prendre tes mains tremblantes dans les siennes et te dire :

– Dastaguir, mon fils !

Si seulement tu pouvais être son fils ; son fils Yassin. Sourd comme Yassin. Tu verrais Mourad et ne l'entendrais pas. Tu ne pourrais l'entendre dire : « Qu'est-ce qui t'amène ici ? »

– Tu vas travailler à la mine ?
– Non, je vais voir mon fils.

Ton regard se perd dans les ondulations de la vallée. Tu reprends ton souffle et poursuis :
– Je vais enfoncer un poignard dans le cœur de mon fils !
Shahmard te regarde avec consternation. Il rit et dit :
– Grand Dieu. Qui aurait cru que je transporte un chevalier !!
Sans quitter la vallée, ses pierres noires, sa poussière et ses ronces, tu rétorques :
– Ce n'est pas cela, mon frère. Mais j'ai un immense chagrin et le chagrin parfois se transforme en poignard.
– Tu parles comme Mirza Qadir.
– Toi aussi, tu connais Mirza Qadir ?

– Qui ne le connaît pas. C'est un peu notre maître à tous !

– C'est un homme de cœur. Je ne le connaissais pas mais je viens de passer deux heures avec lui. J'ai été conquis. Ses paroles sont toujours justes. Il inspire une confiance immédiate. Avec lui on peut parler à cœur ouvert. Les hommes comme Mirza Qadir sont rares de nos jours. Sais-tu d'où il vient ?

Shahmard va chercher le mégot derrière son oreille, le pose entre ses lèvres gercées et l'allume. Il aspire la fumée à pleins poumons et la retient. Il dit :

– Mirza Qadir est de Kaboul, du quartier de Shorbazar. Ça fait peu de temps qu'il tient cette boutique ici. Il n'aime pas beaucoup se livrer. Tant qu'il n'a pas confiance, il reste très secret. Il m'a fallu un an pour apprendre d'où il venait et ce qui l'avait amené ici.

Shahmard se tait alors que tu voudrais en savoir plus sur Mirza Qadir. C'est normal, tu viens de lui confier ton petit-fils, le fils de Mourad.

Shahmard continue :

– Sa boutique se trouvait à Shorbazar.
Chaque soir, le marchand se transformait en
barde, réunissant une foule de gens autour de
lui. Il jouissait d'une grande considération.
Jusqu'au jour où son jeune fils a été mobilisé.
Un an plus tard, quand il est rentré du service militaire, il avait déjà le grade de lieutenant. Un lieutenant fantoche ! Il avait été
envoyé en Russie et cela n'était pas pour
plaire à Mirza Qadir. Lorsqu'il a voulu
s'opposer à la carrière militaire de son fils,
celui-ci, ayant pris goût à l'uniforme, à
l'argent et aux armes, a pris la fuite. Mirza l'a
renié et le chagrin a tué sa femme. Mirza a dû
quitter Kaboul précipitamment, abandon-
nant boutique et maison. Il est allé travailler
deux ans à la mine de charbon. Avec ses pre-
mières économies, il a ouvert cette boutique.
Du matin au soir, il est assis dans son
échoppe, il écrit ou lit. Il n'a de comptes à
rendre à personne. Si tu lui plais, il peut te
vénérer comme son maître. Si ta tête ne lui
revient pas, mieux vaut que ton chien même

évite de passer par là... Parfois je reste jusqu'à l'aube dans sa boutique à l'écouter dire des contes et des poèmes. Il connaît le *Shahnama* par cœur.

Les paroles de Mirza Qadir bourdonnent dans tes oreilles fatiguées. Ses paroles à propos de Rostam, de Sohrab, à propos des Sohrab d'aujourd'hui... et tes pensées s'évadent vers ton Sohrab à toi. Non! Ton Mourad n'est pas de ces Sohrab qui tuent leur père. Mais toi... Tu es Rostam! Et tu t'en vas enfoncer le poignard du chagrin dans le cœur de ton fils!

Non, tu ne veux pas être Rostam. Tu n'es que Dastaguir, un pauvre père inconnu, pas un héros rongé par le remords. Mourad est ton fils et non un martyr héroïque. Laisse Rostam dans le berceau des mots; laisse Sohrab dans son cercueil en papier. Reviens à ton Mourad, au moment où il serre tes mains tremblantes dans les siennes et plonge son regard épuisé dans tes yeux humides. Tu implores le calife Ali de t'aider à trouver les paroles justes :

– Mourad, ta mère a donné sa vie pour
toi...

Non, pourquoi commencer par sa mère ?

– Mourad, ton frère...

Pourquoi son frère ?

Mais alors quoi, par quoi faut-il commencer ?

– Mourad, mon fils, la maison a été
détruite...

– Pourquoi ?

– Les bombes...

– Quelqu'un est-il blessé ?

Silence.

– Où est Yassin ?

– Il est en vie.

– Où est Zaynab ?

– Zaynab ?... Zaynab est... au village.

– Et maman ?

Là tu dois dire :

– Ta mère a donné sa vie pour toi...

Et Mourad pleure.

– Mon fils, tu es un homme ! Ces choses-
là arrivent un jour ou l'autre aux hommes...

C'était ta mère, et moi c'était ma femme. Elle est partie. Quand la mort arrive, peu lui importe de savoir s'il s'agit d'une mère ou d'une épouse. Mon fils, la mort est passée par notre village...

Et puis, dis-lui pour sa femme, dis-lui pour son frère... Et dis-lui que Yassin est en vie, que tu l'as confié à Mirza Qadir parce qu'il était à bout de forces ; il dormait... Ne dis rien de son état.

Le bruit d'un autre camion qui arrive d'en face met fin à ta conversation avec Mourad. Il vous croise à toute allure. La poussière se soulève. Les ondulations de la vallée disparaissent. Shahmard ralentit. Il te demande :

– Tu passes la nuit auprès de ton fils ?

– Je ne sais pas s'il a la place pour me loger.

– Il se débrouillera.

– De toute façon, il faut que je revienne. J'ai laissé mon petit-fils auprès de Mirza Qadir.

– Pourquoi ne l'as-tu pas pris avec toi ?

– J'ai eu peur.

– Peur de quoi ?

– À quoi bon t'attrister avec tout ça.

– Ne t'en fais pas pour moi, parle !

– … Je te raconterai.

Shahmard se tait. Il n'ose peut-être pas insister. Il doit s'imaginer que tu n'as pas envie de parler. Se peut-il que tu n'aies pas envie ? Depuis que le village a été détruit, as-tu eu la moindre occasion de laisser couler tes larmes ? Avec qui as-tu partagé ton chagrin ? Avec qui as-tu porté le deuil ? Chacun était occupé avec ses morts. Ton frère était assis devant un amas de ruines, guettant inlassablement une plainte familière. Ton cousin, en pleurs, cherchait en vain dans les décombres un bout d'étoffe, un pan de vêtement, pour ensevelir ses morts. Ton beau-frère, couché au flanc d'une vache morte dans l'étable effondrée, tétait son pis rigide et riait aux éclats…

Toi au moins, tu avais Yassin. Certes il ne pouvait entendre tes pleurs, mais il était témoin de ton malheur. D'ailleurs, t'es-tu toi-même inquiété du chagrin des autres ? Tu cherchais à fuir tout le monde. On aurait dit un rapace dans un champ de ruines, ou plutôt dans un cimetière. Sans Mourad, sans Yassin, tu n'aurais jamais quitté ce lieu. Dieu merci, Mourad existe, Yassin existe. Sinon tu serais resté là-bas jusqu'à ce que tu tombes en poussière.

Dastaguir, où t'es-tu encore égaré? Shahmard voulait savoir pourquoi Yassin ne t'accompagnait pas. Tu es parti loin, très loin... dans l'enfer de tes pensées. Dis-lui quelque chose! Parle-lui de tes morts! Fais un effort. Ils méritent bien quelques prières! À ce jour, qui d'autre que Mirza Qadir t'a-t-il présenté des condoléances? Qui a prié pour le repos de leur âme? Accepte qu'un autre prenne part à ta souffrance et prie pour tes morts. Dis quelque chose!

Et voilà que tu parles! Tu parles des ruines de ton village, de ta femme, de ton fils, de tes brus, de Yassin...

Et tu pleures. Shahmard se tait. Il est muet. Ses yeux se débattent désespérément en quête d'une parole. Il trouve. Il marmonne une prière, te présente ses condoléances et se replonge dans le silence.

Tu poursuis. Tu parles de Mourad. Mourad à qui tu ne sais comment annoncer la mort de sa mère, de sa femme et de son frère. Shahmard se tait toujours. Que veux-tu qu'il dise ? Toute sa rage est descendue dans ses jambes. Ses jambes sont lourdes. La vitesse du camion en témoigne. Tu te tais toi aussi.

Les soubresauts du camion et son bour-donnement monotone te donnent la nausée. Tu veux fermer les yeux un instant.

Une jeep militaire surgit de derrière le camion. Elle le dépasse et disperse la pous-sière brune de la vallée.

Dans un obscur nuage de poussière, tu aperçois la femme de Mourad, courant nue devant le camion. Sa chevelure mouillée vole au vent, écartant la poussière. Comme si ses cheveux balayaient les airs. Sa poitrine blanche danse gracieusement sur son buste. Des gouttes d'eau semblables à des perles de rosée glissent de sa peau sur le sol.

Tu l'appelles :

– Zaynab! Écarte-toi du camion!

Ta voix reste prisonnière du camion. Ta voix ne parvient pas à l'extérieur. Elle résonne à l'intérieur. Elle ne s'arrête plus. Tu veux baisser la vitre du camion et laisser s'échapper ta voix vers Zaynab. Mais tu n'as pas la force de bouger. Tu te sens lourd. Le baluchon rouge pèse sur tes genoux. Tu veux le soulever, le poser à tes côtés. Mais tu n'as pas la force de le soulever. Tu le dénoues. À l'intérieur, les pommes sont noires, calcinées... Des pommes calcinées. Tu ris intérieurement. Un rire amer. Tu veux demander l'avis de Shahmard sur le mystère des pommes calcinées. Au lieu de Shahmard, il y a Mourad. Tu ne peux t'empêcher de crier. Tu ne sais pas si c'est de terreur, de surprise, voire de joie.

Mourad ne te regarde pas. Ses yeux sont rivés sur la route, sur Zaynab. Tu cries encore. Mourad n'entend pas. Peut-être est-il lui aussi devenu sourd, sourd comme Yassin.

Zaynab court toujours devant le camion. La poussière se dépose lentement sur sa peau blanche et humide. Un voile de poussière noire recouvre son corps. Elle n'est plus nue.

Les soubresauts du camion subtilisent Zaynab à ton regard. Zaynab a disparu, et la route est à nouveau plongée dans la poussière brune.

Tu inspires profondément. Tu jettes un coup d'œil furtif à Shahmard. Mourad n'est pas là. Dieu soit loué. Tu es sorti du rêve. Tu regardes en silence autour de toi. Ton baluchon est posé à tes côtés. Une pomme s'en échappe et roule sur la banquette.

Tu jettes un coup d'œil anxieux sur la route. Pas de Zaynab. Zaynab a précipité son corps nu dans les flammes. Elle a brûlé vive. Elle a brûlé nue, elle a quitté ce monde nue. Elle a brûlé sous tes yeux et a quitté ce monde. Comment dire tout cela à Mourad. Faut-il le dire? Non. Zaynab est morte. Elle aussi. Un point c'est tout. Elle est morte comme les autres, dans la maison, sous les bombes. Le paradis lui était destiné. C'est nous qui brûlons dans le feu de l'enfer. Les morts sont plus heureux que les vivants.

Quelles belles paroles tu as apprises, Dastaguir! Mais toutes ces paroles sont inutiles. Mourad n'est pas du genre à supporter, à se mettre dans un coin et pleurer. Mourad est un homme. Le Mourad de Dastaguir. C'est une montagne de courage, une terre de fierté. La moindre atteinte à son honneur et il s'embrase. Alors il met le feu ou prend feu. La mort de sa mère, de sa femme et de son frère ne restera pas impunie. Il se vengera. Il doit se venger.

De qui? Que peut-il faire tout seul? On le tuera lui aussi. Dastaguir, tu délires!! Le sang t'est monté à la tête! Serais-tu devenu fou?

Il ne te reste plus qu'un fils et tu veux le sacrifier? Pourquoi? Pour racheter la vie de ta femme et de ton autre fils? Dastaguir, ravale ta colère! Laisse Mourad tranquille! Laisse-le vivre! Qu'on me coupe la langue! Que je morde la poussière! Mourad, dors en paix.

Tu mets quelque temps à trouver la boîte de *naswar* au fond de tes poches. Tu en pro-

73

poses à Shahmard et lui en mets une pincée au creux de la main. Tu en prends aussi une pincée que tu déposes sous ta langue. Tu es silencieux. Ton regard suit le défilement rapide des pierres et des ronces. Ce n'est pas toi qui passes devant elles, mais elles qui défilent. Toi, tu ne bouges pas. C'est la vie qui défile. Tu as été condamné à être et à voir la vie passer, à voir ta femme et tes enfants trépasser…

Tes mains tremblent. Ton cœur chancelle. Un voile noir tombe sur tes yeux. Tu baisses la vitre du camion pour te rafraîchir. Il n'y a pas d'air frais. L'air est lourd, dense. Il est d'une couleur brunâtre. Ce n'est donc pas ta vue qui s'est voilée, c'est l'air qui s'est assombri.

– Dastaguir, qu'as-tu fait de mon foulard *gol-e-seb* ?

C'est la mère de Mourad. Tu vois ta femme qui court au pied du coteau au rythme du camion. Tu dénoues le baluchon et laisses choir les pommes calcinées. Tu lâches le foulard *gol-e-seb* par la vitre. L'étoffe flotte dans les airs. La mère de Mourad se dirige en dansant vers son foulard.

– Nous y voilà.

Au son de la voix de Shahmard, la silhouette de la mère de Mourad vole en éclats
sur le miroir de tes yeux.

Tu ouvres des yeux noyés de larmes. La
mine est toute proche. Mourad est tout
proche. Ta poitrine se resserre, ton cœur se
dilate, tes veines se rétractent, ton sang se
fige… ta langue est comme un morceau de
bois, un morceau de bois à demi consumé, une
braise, une braise silencieuse… Ta gorge est
sèche. Pas une goutte de salive dans ta bouche.
De l'eau! de l'eau! Tu avales ton *naswar*. Une
odeur de cendre envahit tes narines. Tu inspires profondément. Tu crois humer le parfum
de Mourad. Tu aspires ce parfum à pleins poumons, en remplis ta poitrine. Tu n'avais jamais
constaté que ta poitrine était si petite et ton
cœur si grand, grand comme ta tristesse.

Shahmard ralentit, s'engage sur la
gauche. Le camion parvient devant l'entrée
de la mine. Vous vous arrêtez. Un gardien sort
d'une baraque en bois, identique à celle qui se
trouve à l'autre extrémité de la route. Il

demande les papiers du camion et échange quelques mots avec Shahmard.

Tu restes immobile et silencieux. Tu ne fais pas un geste. D'ailleurs tu n'as pas la force de bouger. Ton souffle est prisonnier dans ta poitrine. Tu n'es qu'une carcasse vide. Ton regard éteint passe à travers les barreaux du grand portail métallique de la mine. Tu sens que Mourad t'attend derrière cette porte. Mourad, ne demande pas à Dastaguir la raison de sa visite !

Le camion passe lentement le long du poste de garde et pénètre dans l'enceinte. Au pied d'une grande colline s'alignent de petites maisons cubiques en béton. Qui sait dans laquelle Mourad se trouve ? Des hommes au visage cramoisi, un casque sur la tête, dévalent la colline. D'autres la gravissent. Tu n'aperçois pas Mourad. Le camion se dirige vers les petites maisons en béton et s'arrête devant l'une d'elles. Shahmard t'invite à descendre ici et à t'adresser au contremaître pour retrouver ton fils.

Pendant un instant, tu ne réagis pas. Ta main n'a pas la force d'ouvrir la portière du camion. Tu es comme un enfant qui ne veut pas se séparer de son père. Tu demandes innocemment :

– Mon fils est ici ?

– Certainement, mais comment savoir où ? Il faut que tu interroges le contre-maître.

– Où se trouve-t-il ?

Shahmard montre du doigt un bâtiment situé à droite du camion.

Ta main tremblante et inerte repousse avec peine la portière du camion. Tu poses un pied sur le sol. Tes jambes se dérobent. Elles n'ont pas la force de te soutenir. Et pourtant ton corps ne pèse pas grand-chose. C'est le poids de l'air que tu sens sur ton corps. L'air ici est dense, pesant.

Tu portes la main à ton flanc. Shahmard te tend le baluchon rouge par la fenêtre et te dit :

– *Bâba*, je repars en ville vers cinq-six heures, si tu veux t'en aller, attends-moi près de l'entrée.

Dieu te bénisse. Tu gardes tes mots pour toi et fais juste un signe de la tête. Ta langue n'a pas la force de bouger. La vérité, c'est que les mots sont trop lourds, comme l'air…

Le camion démarre. Tu restes cloué sur place dans un nuage de poussière.

Des mineurs au visage noir passent devant toi. Mourad ? Non, il n'y est pas. Allez, va t'adresser au contremaître pour retrouver ton fils.

Tu veux faire un pas. Tes jambes sont encore faibles, inertes. Tes jambes sont comme ancrées au fond de la terre, jusqu'à son cœur incandescent, jusqu'à la fournaise… Tes pieds sont en feu. Ne bouge pas, reprends ton souffle ! Remets-toi ! Remue les jambes ! Tu peux marcher. Alors qu'attends-tu pour y aller ?

Tu parviens devant le bâtiment du contremaître. Tu t'arrêtes devant la porte. Une porte imposante. On dirait l'entrée d'une forteresse. Que peut-il y avoir de l'autre côté ? Probablement un grand tunnel, long et profond, qui s'enfonce au cœur de la terre, jusqu'au bout, jusqu'à la fournaise…

Tu poses ta main sur la poignée. Elle est brûlante.

Dastaguir, où vas-tu ? Veux-tu enfoncer un poignard dans le cœur de Mourad, ton dernier fils ? Ne peux-tu donc pas garder ta douleur pour toi ? Laisse-le tranquille ! Il finira par savoir un jour. Mieux vaut que ce soit par quelqu'un d'autre. Et toi, que dois-tu faire ? Partir et disparaître de sa vie ? Non. Alors quoi ? Aujourd'hui, tu n'as pas le courage de lui annoncer, tu es épuisé, fais demi-tour ! Tu reviendras demain ! Demain ? Mais demain ce sera la même histoire, le même désespoir. Alors frappe à cette porte ! Tes mains sont lourdes. Tu fais quelques pas pour t'éloigner.

Que fais-tu, Dastaguir ? Où vas-tu ? Es-tu incapable de te décider ? N'abandonne pas Mourad. Sois un père digne de ce nom ! Prends ton fils par la main. Montre-lui une nouvelle fois le chemin de la vie, comme tout père le ferait.

Tu t'approches de la porte. Tu frappes. Le grincement strident de la porte te transperce. Le crâne rasé d'un jeune homme apparaît dans l'entrebâillement. Il est borgne de l'œil droit. À la place de l'iris un réseau de veinules rouges court sur la transparence de la cornée. Il te scrute et te questionne d'un signe de tête. Tu te cramponnes de toutes tes forces à ta détermination et réponds :

– Bonjour ! Je suis venu voir Mourad, fils de Dastaguir. C'est mon fils.

L'homme entrouvre un peu plus. La question a disparu de son visage. Il se tourne décontenancé vers un homme qui est en train d'écrire, installé derrière un grand bureau au fond de la pièce.

– Monsieur le contremaître, c'est le père de Mourad.

À ces mots, le corps de l'homme devient comme un bloc de pierre. Le stylo lui échappe des mains. Son regard percute le tien. Un silence pesant remplit l'espace qui vous sépare. Dans un effort suprême, tu contrains ton corps à rester droit et tu fais un pas dans la pièce. Mais le silence ambiant et le regard du contremaître accablent peu à peu tes épaules. Tes jambes chancellent. Ton corps ploie. Dastaguir, qu'as-tu fait? Tu as demandé à voir Mourad. Tu vas tuer Mourad!... Dieu le préserve. Tu ne diras rien. S'il te demande la raison de ta visite, tu trouveras bien quelque chose, un prétexte, tu n'as qu'à lui dire que son oncle est venu au village et que tu l'as accompagné au retour en voiture à Pol-e-Khomri. Tu as saisi cette occasion pour venir prendre des nouvelles. Juste comme ça. Maintenant tu retournes au village... Que Dieu te garde, Mourad!...

Le contremaître se lève et s'avance vers toi en boitant. Sa main pesante se pose sur ton épaule lasse. Tu as l'impression que la mine entière, avec sa vaste colline, tout son charbon, ses bâtiments cubiques en béton, repose sur tes épaules. Ton corps ploie encore plus. Le contremaître te contourne. Sa stature est impressionnante. Il boite. Ton regard remonte. Tu te trouves face à une montagne. Une bouche béante semble prête à t'engloutir. De grandes dents noires percent à travers d'épaisses moustaches. Il sent le charbon.

– Bienvenue, vénérable frère. Tu dois être fatigué. Assieds-toi.

Il te conduit vers une chaise en bois, devant sa table. Tu t'assieds. Le contremaître retourne en boitant à sa place de l'autre côté de la table. Sur le mur qui te fait face, juste au-dessus du fauteuil du contremaître, trône son imposant portrait : il porte l'uniforme militaire et arbore un sourire triomphal sous ses moustaches noires.

Le contremaître a repris place dans son fauteuil. Il reprend en égrenant ses mots :

– Mourad est descendu à la mine. Il est en service. Veux-tu une tasse de thé ?

D'une voix tremblante, tu dis :

– C'est très aimable à vous, monsieur le contremaître.

Le contremaître appelle l'homme qui t'a fait entrer et commande du thé.

Tu es soulagé que Mourad ne soit pas là dans l'immédiat. Cela te laisse un peu de temps pour forger une réponse cohérente, trouver des paroles apaisantes. Le contre-maître va peut-être t'aider. Tu demandes :

– À quelle heure revient-il ?

– Vers huit heures du soir.

Huit heures ? Shahmard repart à six heures... Et puis, où vas-tu bien pouvoir l'attendre jusqu'à huit heures ? Que vas-tu faire ? Y a-t-il un moyen de passer la nuit ici ? Que va devenir Yassin ?

– Vénérable frère. Mourad va bien. Il est au courant de ce qui est arrivé à sa famille. Paix à leur âme...

Tu n'entends pas la suite. Mourad est au courant ? Tu ressasses cette phrase comme si tu n'en comprenais pas le sens, ou que tu avais mal entendu. C'est vrai, à ton âge, on devient dur d'oreille, on peut facile-ment déformer ce qu'on entend. Tu demandes à voix haute :

– Il est au courant ?

– Oui, mon frère, il est au courant.

Pourquoi donc n'est-il pas venu au village ? Non, il ne peut s'agir de ton Mourad. C'est sûrement un autre Mourad. D'ailleurs ton fils n'est pas seul à s'appeler ainsi. Dans cette mine, il est probable qu'il y a une dizaine d'hommes qui portent ce prénom. Le contremaître n'a pas dû comprendre que tu cherches Mourad, le fils de Dastaguir. Il est dur d'oreille lui aussi. Recommence les présentations !

– Je parle de Mourad, le fils de Dastaguir, d'Abqul.

– Absolument, c'est bien lui dont je parle.

– Mon fils Mourad a appris que sa mère, sa femme, son frère ont péri et…

– Oui, mon frère. On lui a même annoncé que toi aussi… Dieu t'en préserve…

– Je suis en vie. Son fils aussi est en vie…

– Dieu soit loué…

Justement pas. Dieu ne soit pas loué ! Il aurait été préférable que Yassin ait péri et Dastaguir aussi ! Pour que le père n'ait pas à voir son fils et le fils son père dans un tel malheur, une pareille impuissance.

84

Qu'est-il arrivé à Mourad ?

Il a dû lui arriver malheur. La mine s'est effondrée et Mourad a été enseveli sur place, sous le charbon. Par la grâce de Dieu, ô contremaître, dis-moi la vérité. Qu'est-il arrivé à Mourad ?

Tes yeux s'agitent. De chaque chose, tu mendies une réponse, de la table rongée par les punaises, du tableau qui immortalise le contremaître, du stylo qui gît sur le papier, du sol qui se dérobe sous tes pieds, du plafond qui semble s'être affaissé, de cette fenêtre qui ne s'ouvrira plus jamais, de ce gisement qui a englouti ton enfant, de cette mine qui a noirci les os de ton fils...

– Qu'est-il arrivé à Mourad ?

Tu as parlé à voix haute.

– Rien, il va bien.

– Alors pourquoi n'est-il pas venu au village ?

– Je l'en ai empêché.

Le baluchon tombe de tes genoux sur le sol. Ton regard reprend sa course folle et finit par se perdre dans les sillons noirâtres qui parcourent le visage du contremaître.

Ton esprit est à nouveau assailli de questions et envahi de haine.

Pour qui se prend-il, ce contremaître ? Qui croit-il être ? C'est toi le père de Mourad, pas lui ! Il t'ont enlevé Mourad. Il n'y a plus de Mourad. Mourad a disparu...

La voix rauque du contremaître résonne dans la pièce :

– Il voulait partir. Mais je ne l'ai pas laissé. Sinon il aurait été tué lui aussi.

Et alors ! La mort vaut mieux que le déshonneur !

Le serviteur apporte deux tasses de thé et te tend l'une d'elles. Il pose l'autre devant le contremaître. Ils échangent quelques paroles, des paroles que tu ne peux entendre, ou ne veux entendre.

De tes mains tremblantes, tu maintiens la tasse posée sur tes genoux. Mais tes jambes tremblent aussi. Quelques gouttes tombent sur ton genou. Tu ne sens pas de brûlure. Car tu brûles déjà à l'intérieur, d'un feu bien plus puissant, un feu qu'attisent les questions inquisitrices des amis, des ennemis, des proches ou des inconnus :

– Alors ?

– Tu as vu Mourad ?

– Tu lui as dit ?

– Comment lui as-tu dit ?

– Comment a-t-il réagi ?

– Qu'a-t-il dit ?

Que leur répondras-tu ? Rien. Tu as vu ton fils. Il était au courant de tout. Mais il ne s'est pas déplacé pour enterrer dignement sa mère, sa femme et son frère. Mourad est un lâche, Mourad n'a pas de fierté.

Tes mains tremblent. Tu reposes la tasse de thé. Tu sens une chose en toi au bord de l'explosion. Ta tristesse a maintenant pris forme, elle s'est transformée en bombe, elle va exploser, elle va te faire exploser ; comme Fateh le gardien. Mirza Qadir s'y connaît bien en matière de tristesse... Ta poitrine se disloque. Comme une vieille maison, une maison vide... Mourad est sorti de ta poitrine. Qu'importe que les maisons vides s'écroulent.

– Ton thé va refroidir, vénérable frère.
– Tant pis.

Tu te tais. Le contremaître poursuit :
– Avant-hier encore, Mourad allait très mal. Il ne mangeait plus, ne buvait plus. Il s'était retiré dans un coin de sa chambre. Immobile. Il ne dormait plus. Un soir, en pleine nuit, il est sorti tout nu, s'est joint au cercle de mortification des mineurs et s'est martelé la poitrine jusqu'à l'aube. Puis il s'est mis à courir autour du feu et s'est précipité dans les flammes. Ses amis l'ont sauvé...

Le nœud de tes mains se desserre. Tes épaules quittent leur refuge près de tes oreilles. Tu reconnais ton Mourad. Ton Mourad ne se soumet pas. Il met le feu ou prend feu. Il détruit ou se détruit. Cette fois-ci c'est lui qui a pris feu, c'est lui qui s'est détruit...

Mais pourquoi n'est-il pas rentré? Pourquoi n'a-t-il pas choisi de se sacrifier sur la dépouille des siens? Le Mourad de Dastaguir, lui, aurait dû revenir au village, il aurait dû se mortifier auprès de ses morts, non pas auprès du feu... On lui a dit que tu étais mort toi aussi. Le jour où tu mourras, et il faudra bien que cela arrive car tu n'es pas éternel, que fera-t-il? Veillera-t-il ton corps? Déposera-t-il ton cercueil dans la tombe? Non. Ton cadavre pourrira au soleil, sans linceul, sans cercueil... Ce Mourad n'est pas ton Mourad. Mourad a vendu son âme aux pierres, au feu, au charbon, à cet homme qui est assis en face de toi, avec son haleine charbonneuse, cet homme qui dit :

— Mourad est notre meilleur ouvrier. La semaine prochaine, nous l'envoyons à un cours d'alphabétisation. Il apprendra à lire et à écrire. Un jour il aura une position. Nous l'avons choisi pour représenter les mineurs, parce que c'est un jeune homme intelligent, travailleur et révolutionnaire...

Tu n'entends pas la suite. Tu penses à Mirza Qadir. Comme lui, tu dois choisir de rester ou de partir. Si jamais tu vois Mourad, que lui diras-tu?

– Bonjour.

– Bonjour.

– Tu es au courant?

– Je suis au courant.

– Que Dieu te protège.

– Toi aussi.

Et après? rien.

– Adieu.

– Adieu.

Vous n'avez rien d'autre à vous dire. Pas un seul mot, pas une larme, pas un soupir.

Tu saisis le baluchon posé sur tes genoux. Il contient des pommes pour Mourad. Mais tu ne veux pas le donner. Le foulard *gol-e-seb* porte le parfum de ta femme. Tu te lèves et tu dis au contremaître.

– Je dois me mettre en route. Je vous prie de lui dire que son père était ici, qu'il est vivant, que son fils Yassin est vivant. Je vous prie de m'excuser...

Adieu Mourad. Tu quittes la pièce la tête basse. L'air est encore plus dense, plus lourd, plus sombre. Tu regardes la colline. Elle te semble elle aussi plus grande, plus noire... Des hommes aux visages encore plus fatigués, encore plus noirs, la dévalent. Cette fois-ci, tu évites de scruter leurs visages comme à ton arrivée. Pourvu que Mourad ne soit pas parmi eux ! Tu te diriges vers l'enceinte de la mine. À peine as-tu fait quelques pas qu'une voix te cloue au sol.

– *Bâba* !

C'est une voix inconnue. Dieu merci. Tu reconnais le serviteur du contremaître qui s'approche de toi à la sauvette.

– *Bâba*, je te parle en toute confidence. Ils ont dit à Mourad que les résistants et les traîtres ont assassiné toute sa famille, en prétendant que c'était parce qu'il travaillait à la mine. Ils lui ont fait peur. Mourad ne sait pas que tu es en vie.

Plus affligé qu'auparavant, plus impuissant encore, tu te tournes vers le bâtiment du contremaître. Tu agrippes le serviteur et implores :

– Conduis-moi auprès de mon fils !

– C'est impossible, *Bâba*. D'abord, ton fils est au fond de la mine. Il travaille. Et puis, le contremaître me tuerait s'il savait. Va-t'en, *Bâba* ! Je lui dirai que tu étais ici.

Le serviteur veut se libérer de ton étreinte. Désemparé, tu poses le baluchon par terre. Tu explores tes poches. Tu sors la boîte de *naswar* et la tends au serviteur. Tu le supplies de la donner à Mourad. Le serviteur prend la boîte et s'éloigne à toute hâte.

Mourad connaît ta boîte de *naswar*. C'est lui-même qui te l'a offerte avec son premier salaire. Dès qu'il verra la boîte, il saura que tu es en vie. S'il vient te chercher, tu reconnaîtras ton Mourad. S'il ne vient pas, tu n'auras plus de Mourad. Va chercher Yassin et retourne au village. Attends-le là-bas quelques jours.

Tu te presses vers l'entrée. Tu parviens au portail. Tu n'attends pas Shahmard et te mets en route vers les collines sombres. Les sanglots t'étouffent. Tu fermes les yeux et tu laisses les pleurs couler doucement dans ta poitrine. Dastaguir ? Sois un homme ! Un homme ne pleure pas. Et pourquoi pas ? Laisse donc ton chagrin s'écouler !

Tu chemines au flanc de la première colline. Une envie de *naswar* te prend, mais tu n'en as pas. La boîte est peut-être déjà dans les mains de Mourad.

Tu ralentis le pas, tu t'arrêtes. Tu te baisses. Du bout des doigts, tu cueilles une pincée de terre grise, tu la déposes sous ta langue. Tu reprends ton chemin... Tes mains nouées dans ton dos tiennent le baluchon *gol-e-seb*.

Achevé d'imprimer en novembre 2001
dans les ateliers de Normandie Roto Impression s.a.
à Lonrai (Orne)
N° d'éditeur : 1683
N° d'imprimeur : 01-2932
Dépôt légal : novembre 2001

Impimé en France